L'A PERDU

DE

MADEMOISELLE BABET

— COLLECTION STAHL —

L'M perdu
de Mademoiselle Babet

Stahl

Hetzel et Cie
18. rue Jacob. Paris.

GRAVURES PAR MATTHIS

Paris. — J. CLAYE, imprimeur, 7, rue Saint-Benoît. — [1112]

L'A PERDU

DE MADEMOISELLE BABET

BIBLIOTHÈQUE
D'ÉDUCATION ET DE RÉCRÉATION
J. HETZEL & Cie, 18, RUE JACOB

PARIS

—

I

Mademoiselle Babet est depuis dix minutes une très-grande personne.

Elle sait très-bien lire, et la preuve c'est qu'elle a un très-grand livre.

— Voyez plutôt.

II

Mademoiselle Babet, vient de prendre sa première leçon! La table de travail est encore là, et sa grande sœur, Louise, quoiqu'elle soit très-sévère, a été si contente de sa petite Babet qu'elle lui a mis dans la bouche, en s'en allant, deux très-bons chocolats.

III

Pour cette première leçon, Babet a eu une lettre tout entière à apprendre. Savoir lire commence par la lettre « A ». Mademoiselle Babet connaît son « A ». Elle le connaît extrêmement bien. L'A n'est pas fait comme les autres lettres. Cela a beaucoup aidé mademoiselle Babet à faire sa connaissance. C'est dans ce livre-là, dans l'*Alphabet de mademoiselle Lili* qu'est l'A que mademoiselle Babet connaît si bien. Pour que vous le voyiez tout à fait bien, mademoiselle Babet tient son grand livre très-haut au-dessus de sa tête; il faut que tout le monde puisse le regarder à son aise.

IV

Mademoiselle Babet avait demandé à sa sœur Louise de ne pas se séparer tout de suite de son grand alphabet : mademoiselle Louise avait été très-gentille. « Je te permets de garder ton livre, avait-elle dit, mais à une condition, c'est que tu ne regarderas que le dessus et que tu ne l'ouvriras pas sans moi ; si tu le faisais, tu verrais trop de choses dedans et cela t'embrouillerait. Il est très-important de ne jamais apprendre ses lettres que l'une après l'autre. » Mademoiselle Babet avait promis.

V

C'est égal, c'est joliment beau d'avoir déjà un livre comme celui-là à soi tout seul quand on n'a pas encore tout à fait trois ans. Mademoiselle Babet aime son grand livre autant que mademoiselle Virginie, sa poupée; elle les serre tendrement tous les deux contre son cœur, et le soir, après avoir couché Virginie, elle couche son grand livre sur sa chaise pour qu'il se repose.

VI

Pour lui montrer la différence, sa grande sœur avait fait voir, très-vite, à mademoiselle Babet, qu'il y a dans ce livre-là d'autres lettres que des A. Elle lui a même expliqué qu'elle aurait 24 lettres à apprendre après celle de sa première leçon. Mais elle les avait cachées tout de suite parce qu'elle a dit à mademoiselle Babet qu'une lettre c'était assez pour un jour. Mademoiselle Babet touche à son livre de tous les côtés qui sont par-dessus parce que ça fait plaisir de toucher aux choses qu'on a. Mais, puisqu'elle a promis, elle ne l'ouvrira pas. Mademoiselle Babet ne tient pas à se faire des embrouilles.

VII

C'est-il beaucoup 24? c'est-il encore plus de lettres qu'il n'y a de soldats dans le régiment de son papa? Ça fait assez de lettres pour jusqu'à dimanche. En tout cas, bien sûr, dimanche, mademoiselle Babet les saura toutes. Elle pourra alors lire toute seule les belles histoires qui sont sous les images. Non, jamais, jamais mademoiselle Babet n'a été si heureuse.

VIII

Mademoiselle Babet a de bons yeux, elle a bien vu, quand sa sœur le tenait ouvert, qu'il y a dans son livre autre chose que des lettres. Il y a le portrait d'une petite fille très-gentille, et encore d'autres tableaux. Mademoiselle Babet pourrait peut-être bien chercher plus tard, dans son livre, l'endroit de la petite fille et même l'embrasser sans s'embrouiller. Les portraits des petites filles c'est pas des lettres. On peut les regarder un petit peu.

IX

Justement le livre s'est ouvert, la petite fille est à cette place-là, si c'était mademoiselle Lili? c'est elle; elle est même très-jolie, mademoiselle Lili.

Mademoiselle Babet l'a embrassée, et cela ne l'a pas embrouillée du tout. Comme c'est drôle les images! les joues de mademoiselle Lili avaient pourtant bien l'air d'être des bonnes joues, très-rebondies, et les lèvres de mademoiselle Babet ont trouvé que c'était tout plat.

X

Mademoiselle Babet va bien voir, elle passe ses doigts sur la figure de la demoi-
selle; décidément ça n'est pas rebondi du tout; c'est tout de même bien étonnant,
c'est donc une tromperie ces choses-là? Les personnes qui font les tableaux sont bien
extraordinaires de faire des joues plates qui ont l'air d'être rondes tout de même. Les
joues de mademoiselle Babet ne sont pas comme ça, c'est rond pour de vrai.

XI

Mademoiselle Babet pense qu'elle aurait mieux fait de ne pas laisser son livre s'ouvrir. Elle l'a refermé, elle ne l'ouvrira plus. Elle réfléchit à son A. Comment est-il fait, déjà? ah! elle se rappelle! c'est comme ça / et puis comme ça \ et puis il y a un petit bâton — dans le milieu. Mademoiselle Babet dessine tout ça en idée, dans sa tête. Bien sûr, c'est fait comme des pincettes un A, avec quelque chose comme une barre, en travers.

XII

Elle va dessiner quelque chose comme des pincettes avec son doigt sur la couverture. Elle n'est pas très-sûre cependant; elle voudrait revoir son A pour être plus sûre encore. Si elle ne regarde que lui, cela ne pourra pas faire d'embrouille. Elle le connaîtra encore mieux, tout de même, quand elle l'aura encore revu. Mademoiselle Babet est décidée à chercher son A, rien que son A, dans son livre.

XIII

Mademoiselle Babet n'y comprend rien. Son A n'est plus à sa place. C'était pourtant bien là qu'elle l'avait vu : au commencement de la page, tout de suite après une page blanche.

Voilà la page blanche, mais à la page où était son A c'est des bonhommes et même des drôles! Il n'y avait pas de bonhomme à cette page-là quand sa grande sœur était là. Il se passe des choses qu'on ne croirait pas dans les livres.

XIV

Mademoiselle Babet ne s'aperçoit pas d'une chose, c'est qu'elle tient son livre à l'envers; et puis, au lieu de l'avoir ouvert par le commencement, je crois qu'elle l'a ouvert par la fin.

XV

Mademoiselle Babet est plongée dans ses réflexions! « Comment des choses pareilles ont-elles pu arriver! » Elle tourne et retourne son livre. Ça n'est pas encore ça. L'A n'est pas revenu à son endroit, et les bonhommes sont maintenant couchés sur le dos et sur le ventre. C'est que cette fois, mademoiselle Babet regarde son livre par le travers.

XVI

Elle fait faire un nouveau mouvement à son livre, et pour le coup c'est bien la page où devait se trouver l'A. Mademoiselle Babet reconnaît bien le régiment des lettres que sa grande sœur lui avait très-vite cachées pour lui apprendre son A tout seul. Mais cette lettre-là ce n'est pas l'A de mademoiselle Babet.

Son A n'était pas bossu comme ça.

XVII

La tête de mademoiselle Babet commence à se monter. Grand Dieu! si elle avait perdu son A...

Elle feuillette toutes les pages, elle les secoue; où est son A? c'est fini! ç'est fini! mademoiselle Babet ne sait plus lire... Mademoiselle Babet a perdu... son A !

XVIII

Qu'est-ce que va dire la grande sœur, quand elle verra que l'A qu'elle avait si bien montré à mademoiselle Babet, n'est plus dans l'alphabet?

Mademoiselle Babet dans son désespoir laisse tomber son livre qui se casse une corne. Mademoiselle Babet fond en larmes. Éperdue elle va à la porte et crie :

« Ma sœur ! ma sœur ! » et « au secours... »

XIX

La grande sœur arrive. Mademoiselle Babet se jette dans ses bras, toute ruisselante de larmes.

« Qu'as-tu ? qu'as-tu ? lui dit Louise très-inquiète. — Je suis une méchante, répond mademoiselle Babet, j'ai désobéi... j'ai ouvert mon livre; j'ai perdu notre A ! Il s'est en allé !!! »

XX

Mademoiselle Louise, qui n'avait jamais entendu dire qu'un A pût se perdre, est bien étonnée. Elle embrasse sa petite Babet. Elle lui essuie les yeux. Elle n'a pas le courage de gronder, car elle ne parvient pas à la consoler.

« J'ai perdu mon A, » répétait mademoiselle Babet toujours désolée. Heureusement que la sœur Louise a enfin une bonne idée.

XXI

Elle prend Babet sur ses genoux, et, pendant que Babet, cachée sur l'épaule de sa grande sœur, continue à se lamenter, elle ramasse l'alphabet qui est par terre.

« Attends, lui dit-elle, attends donc, Babet. »

XXII

La sœur Louise sait très-bién que les livres ont un bon côté, elle l'ouvre comme il faut, c'est-à-dire par le commencement, et en une seconde elle met sous les yeux de mademoiselle Babet son A retrouvé.

Mademoiselle Babet est transportée de joie, elle rit et pleure en même temps. Elle voit bien que sa grande sœur avait eu raison de lui dire : « Ne rouvre pas ton livre sans moi. »

Quand mademoiselle Babet saura lire pour de bon, ces choses-là ne pourront plus arriver. Mais on n'apprend ni à lire tout à fait ni à se servir des livres en un jour. Paris n'a pas été fait en un jour non plus.